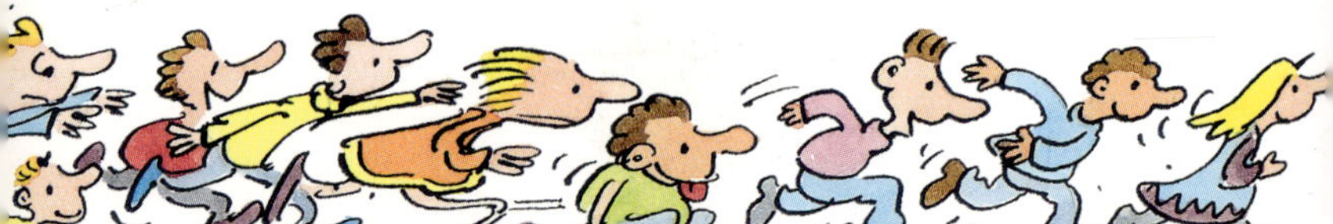

Ce livre a été spécialement conçu par le Prince
de Motordu et par sa femme, la Princesse Dézécolle,
enseignante. Il est destiné à l'usage des petites billes
et des petits glaçons tordus pour qu'ils marchent droit
à l'école. Il a reçu l'autorisation de diffusion
dans les écoles par les extincteurs de l'Éducation
nationale et les groseilliers pédagogiques.

Mis en couleurs par Alexis Ferrier

Maquette : Karine Benoit

ISBN : 2-07-053661-0
© Éditions Gallimard Jeunesse, 1996, pour le texte et les illustrations
© Éditions Gallimard Jeunesse, 2003, pour la présente édition
N° d'édition : 13287
Loi n° 49-956 du 16 juillet 1949 sur les publications destinées à la jeunesse
Premier dépôt légal : mai 1996
Dépôt légal : février 2003
Imprimé en France par I.M.E

Pef

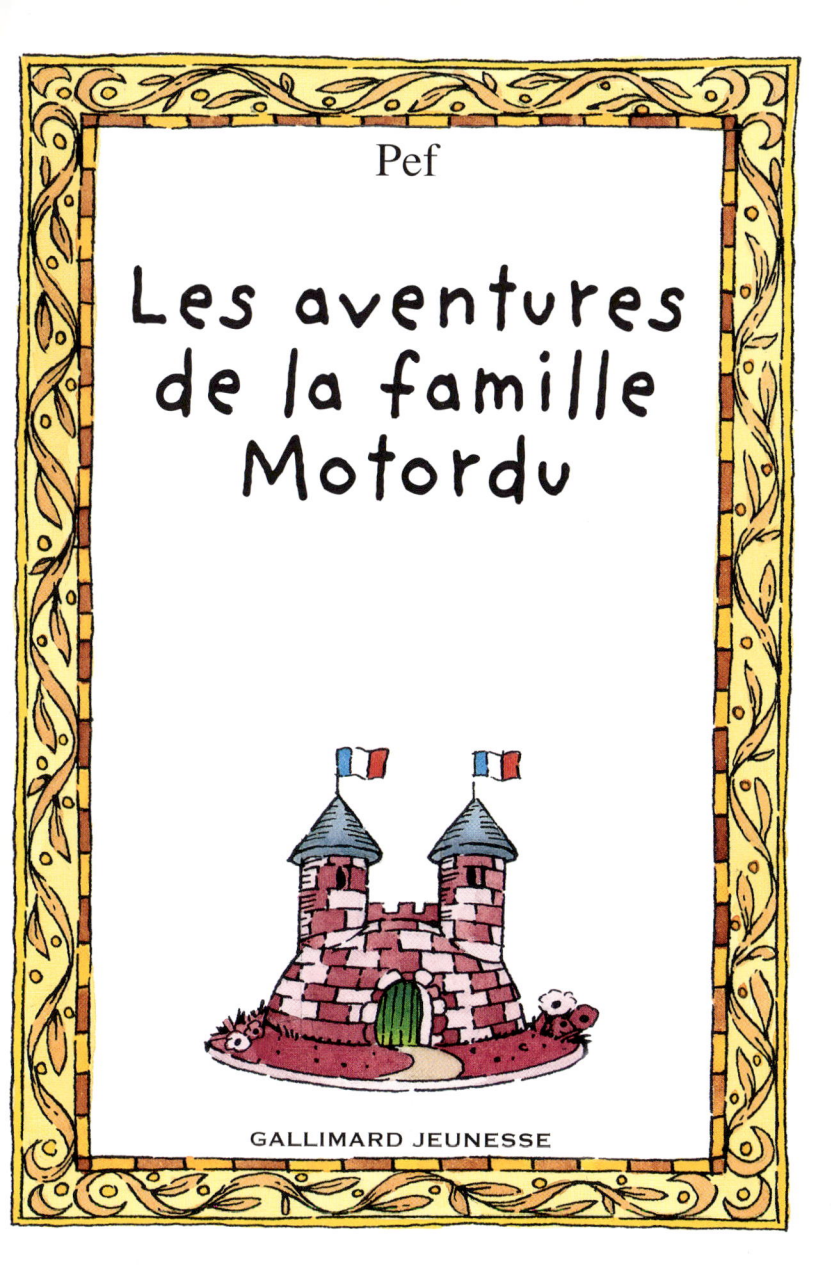

Les aventures de la famille Motordu

GALLIMARD JEUNESSE

AVEC...

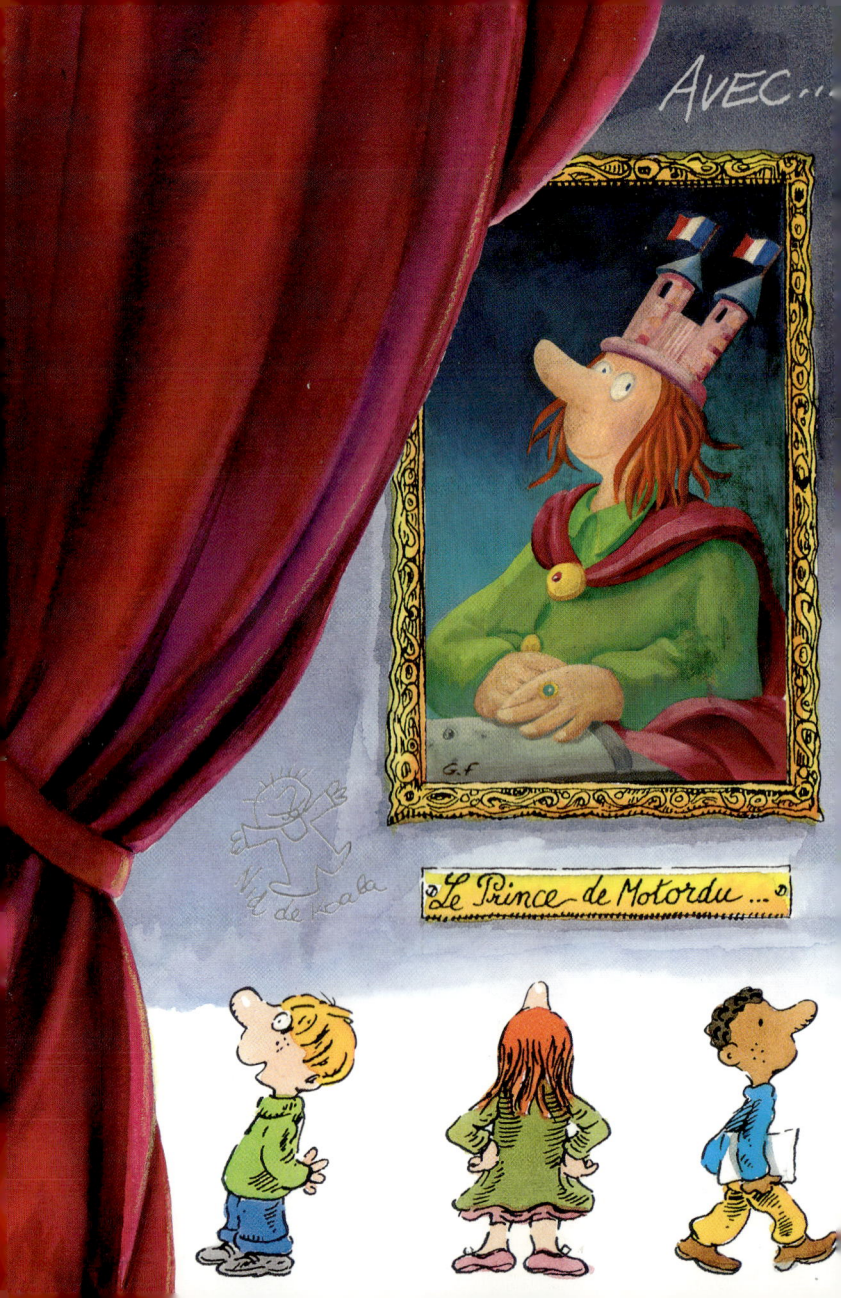

Le Prince de Motordu...

La Princesse Dézécolle

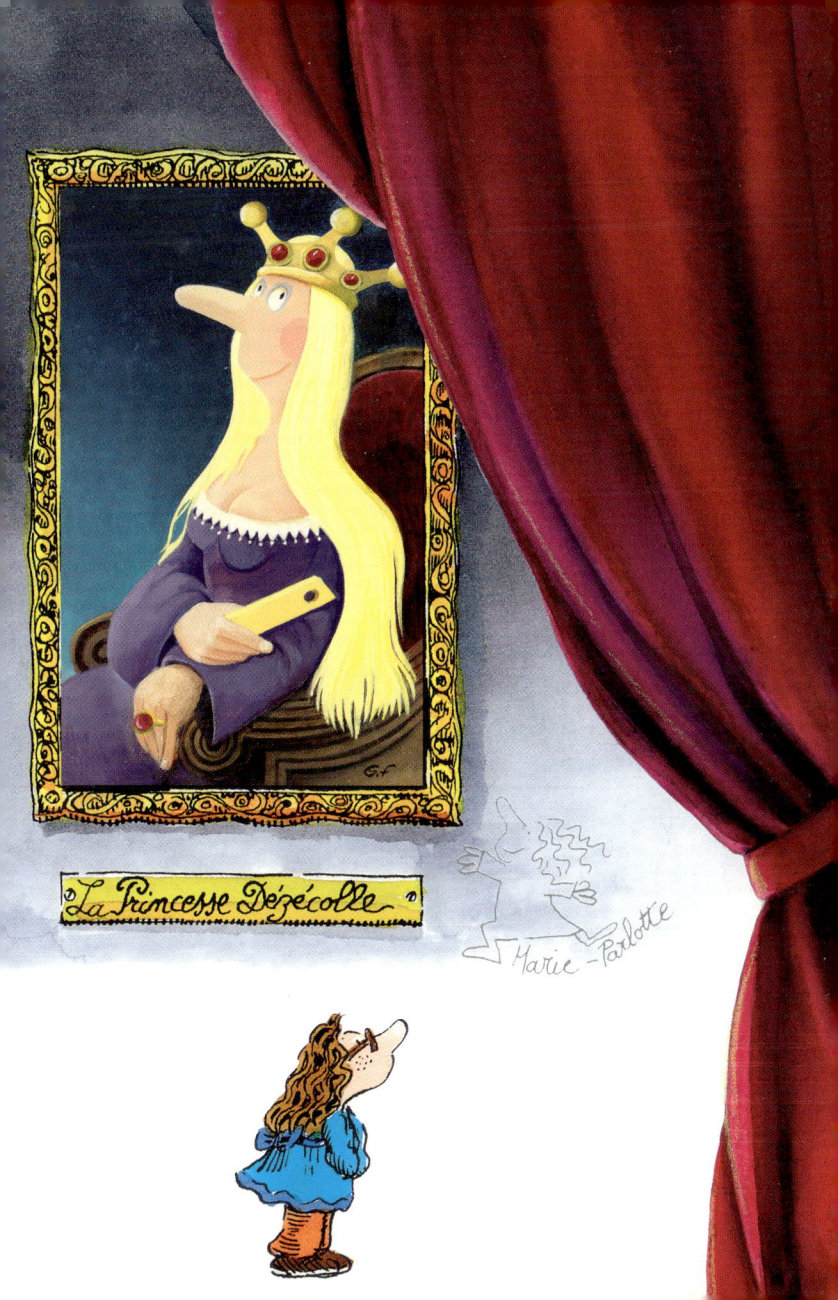

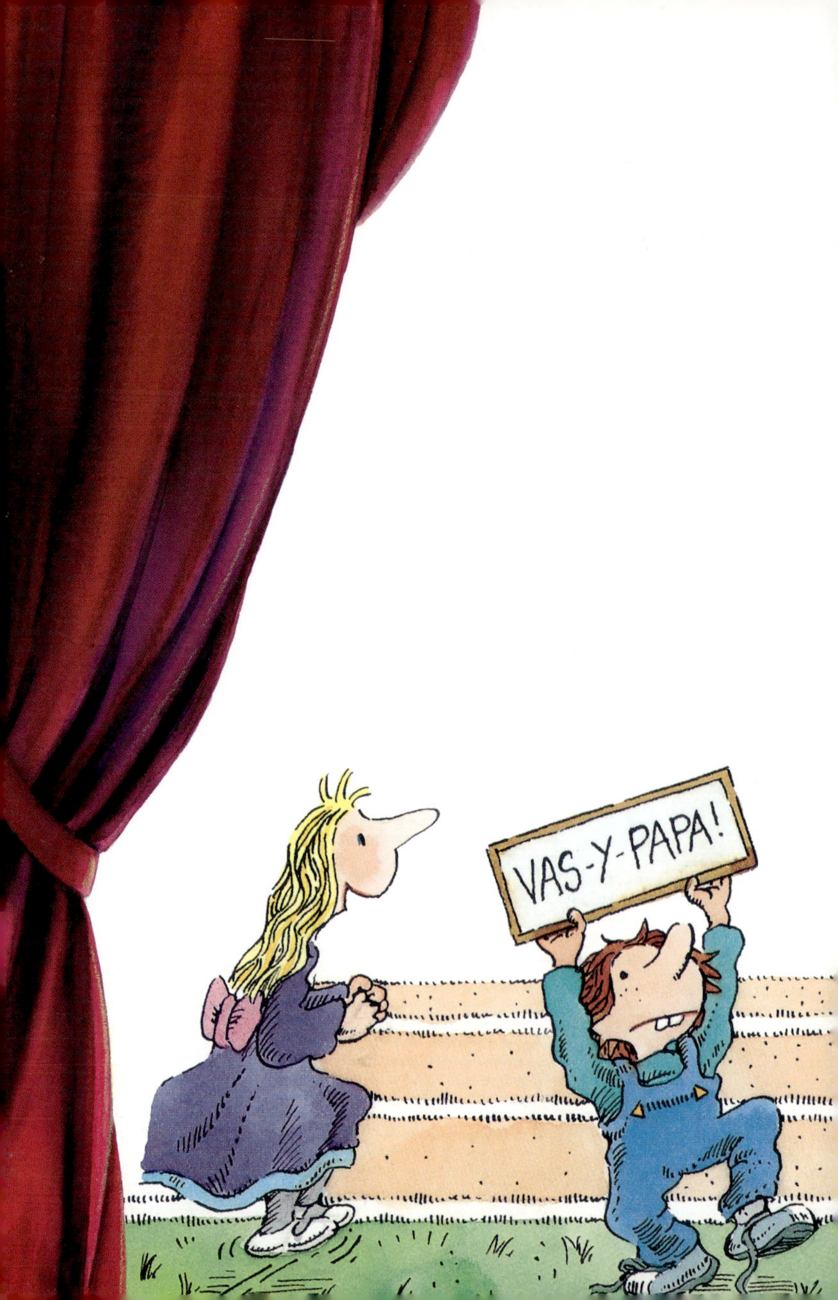
VAS-Y-PAPA!

Motordu champignon olympique

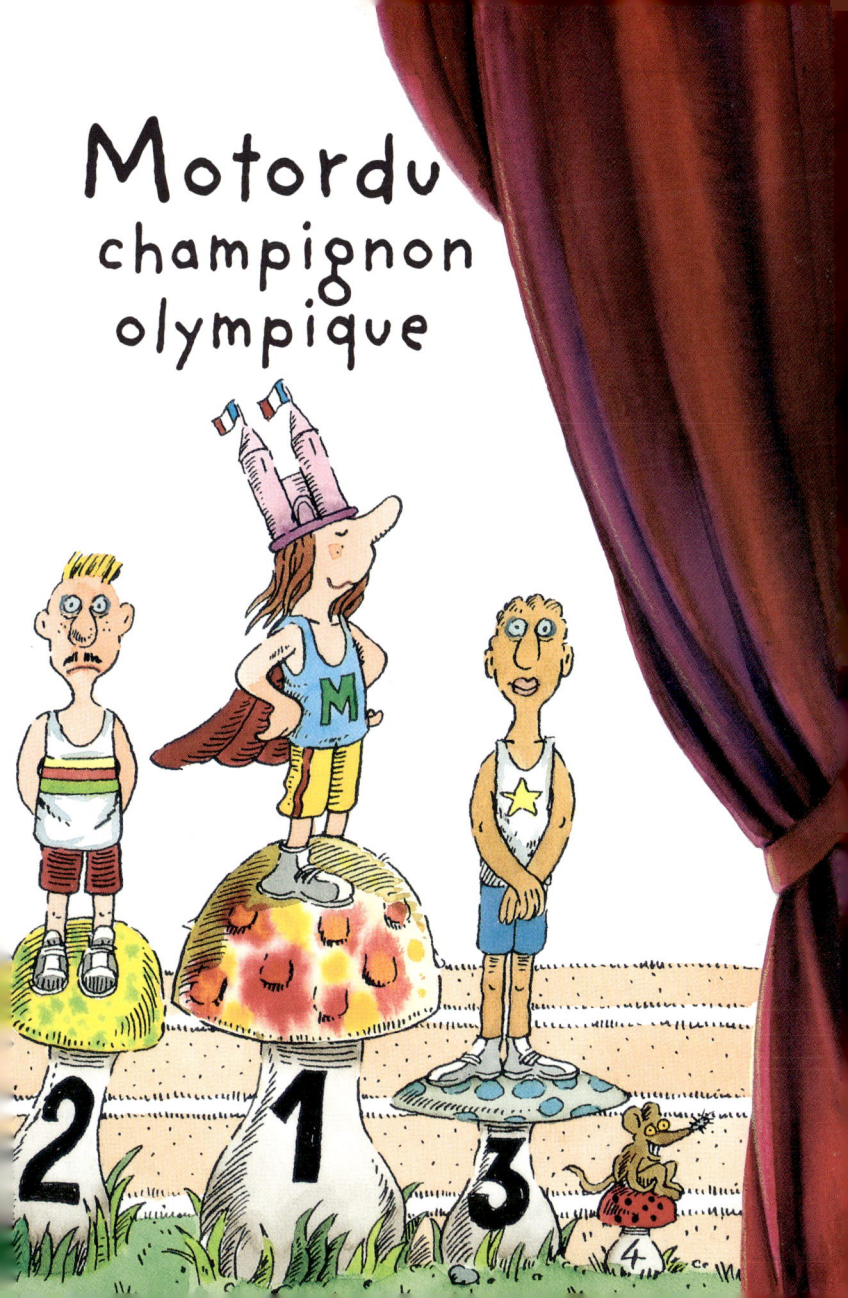

Dans la nuit la folie
Assise sur son nid
Enfonce dans mon œil
La langue noire en deuil
Loin du bruit de la rue
Du carnaval des mots tordus

signé Charles Baudelaire

enfin, je crois…

Depuis quelques jours le Prince de Motordu quittait son chapeau très tôt le matin en sue-vêtement, c'est-à-dire un habit de sport dans lequel il pouvait transpirer à son aise. A ses pieds, il avait enfilé des chaussures de porc parfaitement adaptées à la boue et autres cochonneries qui entouraient le chapeau.

Et le Prince courait, courait en porc et toujours.

Ses enfants, Marie-Parlotte et son frère, le petit Nid-de-Koala, finirent un jour par le surprendre.

— Votre père est en train, à grande vitesse, de s'exercer, les rassura leur mère, la Princesse Dézécolle. Il fait des tours de chapeau… !

— Pourquoi ? Il n'en retrouve pas l'entrée, s'inquiéta Marie-Parlotte ?

– Mais non, ma fille, répondit la Princesse, il veut entrer dans la légende des champignons olympiques. Que je vous explique : tous les quatre ans, les champignons olympiques poussent sur l'herbe des grands stades.

Ils viennent très nombreux de tous les pays du monde pour participer à ces jeux !

— Moi, j'aime ça, amasser des champions, revendiqua Nid-de-Koala. Et à part ça, qu'est-ce qu'ils font ?

— Ils courent ou ils sautent le plus vite ou le plus haut possible !

Mais le Prince avait rejoint sa famille, le visage rouge et couvert de stupeur :

— Bouh, je suis tout étouffé, haleta-t-il, je manque d'entraînement !

– Père, c'est bientôt, la saison des champignons olympiques ? demanda Nid-de-Koala.

– Hélas oui, se désola le Prince, je dois absolument rejoindre mon équipe, l'équipe de Chance, je crois que c'est la meilleure !

Avant le départ de son mari, la Princesse lui fit des messages aux bras et aux jambes pour que le sang du futur champignon puisse mieux circuler.

Dans leur chambre, Marie-Parlotte et son frère s'interrogeaient :
– Tu crois qu'il veut être champignon de sot en hauteur ? demanda Nid-de-Koala.

– Père n'est pas si bête, répondit sa sœur, il sait très bien qu'après avoir sauté à plus de deux mètres, il va bien falloir retomber ! Il ne veut pas se faire mal !

– Raison de plus pour éviter le sot à la perche, encore plus dangereux, conclut Nid-de-Koala.

Et les deux enfants fermèrent leurs jeux pour mieux s'endormir.

Quelques jours plus tard toute la famille gagna le stade haut, limpide car le temps était clair.

Marchant au bas, tous les sportifs portaient fièrement le drapeau de leur nation, tandis que le crapolympique faisait des ronds tout autour du stade, filmé par les camarades de télévision du monde entier.

Marie-Parlotte battait des mains à la vue du défilé multicolore :
– La Terre est monde, s'écria-t-elle, et c'est un grand tour que le tour d'aujourd'hui.

Mais le petit Nid-de-Koala, de son côté, avait un grave. Il avait en effet emprunté à sa sœur, qui le tenait elle-même de sa cousine, un stylo-fille lui permettant de noter les résultats des différentes épreuves.

— Après les jeux, promit-il, je montrerai au Prince son carnet de notes. S'il a été nul en jeu, il sera privé de récré. Chacun son tour !

— Un tour de fils, pouffa Marie-Parlotte qui refusait de croire à une telle punition.

Nom du concurrent	MOTORDU		
Piste des épreuves glace obtenue	1	2	3
Course habillé			
Quatre sans maître			
Seau en longueur			
Saut en largeur			
Triple sot !			
Est-ce crime ?			
les pois, c'est à terre.			
natte-action			
dos gros dé lait			
javel-eau			
Mare à thons			

La femme olympique fut allumée mais elle refusa de se mettre à fumer car le tabac est interdit aux sportifs. Puis le départ des premières épreuves fut sonné.

Une de celles dans lesquelles le Prince de Motordu était inscrit était le saut en moteur.

Équipé d'une hélice celui-ci permit aux concurrents d'atteindre des hauteurs considérables. Motordu s'y classa quatrième car il était un peu dans les nuages. Ses enfants se montrèrent un peu déçus. Leur champignon de père ne semblait pas mûr pour cette spécialité.

Par contre, dans l'arrosé du matin suivant, malgré la pluie, il brilla dans la finale du lancer du manteau en expédiant celui-ci à plus de cinquante mètres !

— Ça n'a pas traîné ! hurla son fils en aplatissant des deux mains l'exploit de son père.
— Rien d'étonnant à cela, s'enorgueillit la Princesse, je lui avais bien recommandé de ne point laisser traîner ses affaires, surtout son manteau !

Hélas, son époux se cassa quatrième seulement, ce qui lui brisa tout espoir de devenir champignon olympique !

– Être Pince de Motordu et nul en marteau, c'est logique, se consola Marie-Parlotte.

Heureusement le lancer du poêle réchauffa tous les espoirs de sa famille :

— Il va au charbon, papa ! s'écria Marie-Parlotte en voyant Motordu tout feu tout flamme.

— Dix-huit mètres cinquante ! explosèrent les gros parleurs du stade. Beau corps du monde battu !

Alors le Prince de Motordu, gonflant sa poitrine, levant ses deux bras musclés, remercia la poule déchaînée qui saluait son exploit !

Puis il s'avança vers le podium et consola ses adversaires malheureux qui serraient contre eux leurs petits bouquets de pleurs :

– Vous n'êtes pas si vieux, leur dit-il, ne soyez pas mauvais pères d'ans, vous aurez votre revanche d'ici quelques années !

Le soir, le Prince de Motordu se moucha tôt car, le lendemain, il avait besoin de tout son souffle pour participer à l'épreuve de mare à thons !

Les concurrents, sur une distance très surveillée de quarante-deux kilos de maîtres, devaient se rendre d'une mare à l'autre à la recherche de thons !

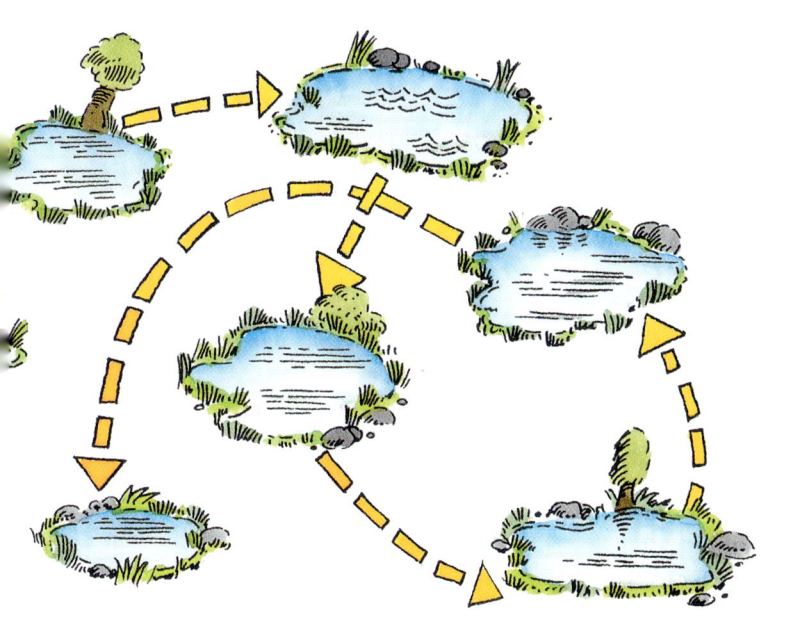

Bien entendu, il n'y en avait aucun mais les sportifs pensaient toujours en trouver à la mare suivante :

— On en a mare, s'écrièrent des

dizaines de participants, on abandonne !

Le Prince de Motordu s'obstina et finit dans les glaces d'honneur :

— J'ai reflet de mon mieux, mais je suis épuisette, confia-t-il à son épouse. Je veux rentrer dans mon chapeau car je suis un champignon domestique !

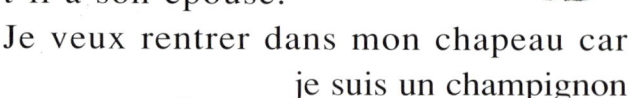

— On dit comestible, Père, rectifia Marie-Parlotte.

Le retour du grand champignon fut triomphal.

Après avoir goûté un repas bien mérité le Prince de Motordu voulut aller se doucher dans son lit car ses yeux olympiques, à moitié fermés, touchaient à leur fin.

Il était un peu triste de ne plus avoir à rêver d'être le champignon qu'il était devenu.

— Un instant, Prince, supplièrent Marie-Parlotte et Nid-de-Koala, caisse que cette boîte qui ne vous quitte jamais ?

Leur père ouvrit enfin cette mystérieuse petite boîte qui contenait la décoration de champignon récompensant sa première place au lancer de poêle.

— Tu me l'épingles, à moi, insista Nid-de-Koala. Je veux ressembler à mon papa !

Le Prince de Motordu saisit sa belle récompense et tenta de l'agrafer sur la poitrine de son fils.

– Aïe, tu me piques, protesta Nid-de-Koala.

Le Prince partit d'un grand éclat de rire :

– On appelle ça une médaïe, le comprends-tu, maintenant ?

La Princesse rangea alors la médaille dans une belle vitrine mais Marie-Parlotte et Nid-de-Koala se souvinrent longtemps de ces quelques jours pendant lesquels le Prince avait poussé, comme un champignon, de magnifiques cris de victoire !

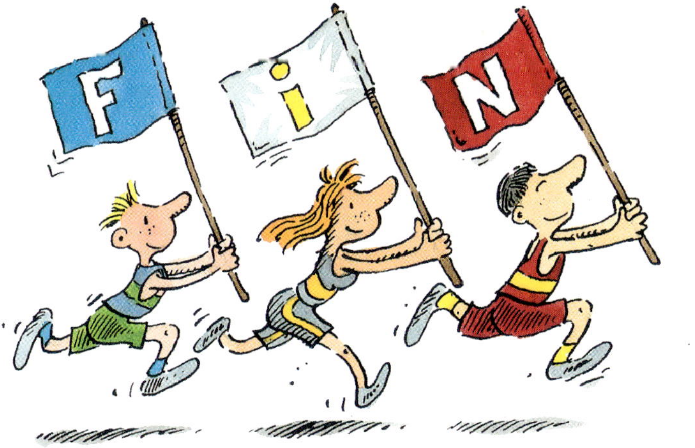
F i N

■ ■ ■ L'AUTEUR-ILLUSTRATEUR ■

Né en 1939, fils de maîtresse d'école, **Pef** a vécu toute son enfance dans des cours de récréation. Il a pratiqué les métiers les plus variés comme journaliste ou essayeur de voitures de course. A trente-huit ans et deux enfants, il dédie son premier livre *Moi, ma grand-mère…* à la sienne, qui se demande si seulement son petit-fils sera sérieux un jour. C'est ainsi qu'il devient auteur-illustrateur pour la joie des enfants et invente en 1980 le Prince de Motordu, personnage qui sera rapidement une véritable star. Lorsqu'il veut raconter ses histoires, Pef utilise deux plumes : l'une écrit et l'autre dessine. Depuis près de vingt-cinq ans, collectionnant les succès, Pef parcourt inlassablement le monde à la recherche des « glaçons » et des « billes » de toutes les couleurs, de la Guyane à la Nouvelle-Calédonie, en passant par le Québec ou le Liban. Il se rend régulièrement dans les classes pour rencontrer son public auquel il enseigne la liberté, l'amitié et l'humour.

■ LES AUTRES TITRES DE FOLIO CADET ■ ■ ■

CONTES CLASSIQUES
ET MODERNES

**La petite fille
aux allumettes,** 183

**Le rossignol
de l'empereur de Chine,** 179
de Hans Christian Andersen
illustrés par Georges Lemoine

**Les trois petits cochons
et autres contes,** 299
Anonyme,
adapté et illustré
par Charlotte Voake

Danse, danse ! 324
de Quentin Blake

Le cavalier Tempête, 420
de Kevin Crossley-Holland
illustré par Alan Marks

Le visiteur de Noël, 372
de Toby Forward
illustré par Ruth Brown

Prune et Fleur de Houx, 220
de Rumer Godden
illustré par Barbara Cooney

Le grand livre vert, 237
de Robert Graves
illustré par Maurice Sendak

Le géant de fer, 295
de Ted Hughes
illustré par Jean Torton

Une marmite pleine d'or, 279
de Dick King-Smith
illustré par William Geldart

Histoires comme ça, 316
de Rudyard Kipling
illustré par Etienne Delessert

Fables, 311
de Jean de La Fontaine
illustré par Roland
et Claudine Sabatier

Le singe et le crocodile, 402
de Jeanne M. Lee

La Belle et la Bête, 188
de Mme Leprince de Beaumont
illustré par Willi Glasauer

La baignoire du géant, 321
de Margaret Mahy
illustré par Alice Dumas

**L'enlèvement de la
bibliothécaire,** 189
de Margaret Mahy
illustré par Quentin Blake

Mystère, 217
de Marie-Aude Murail
illustré par Serge Bloch

Ça ne fait rien ! 340
de Sylvia Plath
illustré par R. S. Berner

**Contes pour enfants
pas sages,** 181
de Jacques Prévert
illustré par Elsa Henriquez

**L'abominable comte
Karlstein,** 399
de Philip Pullman
illustré par Patrice Aggs

Jack le vengeur, 403
de Philip Pullman
illustré par David Mostyn

La magie de Lila, 385
de Philip Pullman
illustré par S. Saelig Gallagher

■■■ LES AUTRES TITRES DE FOLIO CADET ■

Papa est un ogre, 184
de Marie Saint-Dizier
illustré par Amato Soro

**Du commerce
de la souris,** 195
d'Alain Serres
illustré par Claude Lapointe

L'alligator et le chacal, 392

**Le coyote
et les corbeaux,** 397
de John Yeoman
illustrés par Quentin Blake

Les contes du Chat perché

L'âne et le cheval, 300

Les boîtes de peinture, 199

Le canard et la panthère, 128

Le cerf et le chien, 308

Le chien, 201

L'éléphant, 307

Le loup, 283

Le mauvais jars, 236

Le paon, 263

La patte du chat, 200

Le problème, 198

Les vaches, 215
de Marcel Aymé
illustrés par Roland
et Claudine Sabatier

FAMILLE,
VIE QUOTIDIENNE

**Histoire d'un
souricureuil,** 173
de Ted Allan
illustré par Quentin Blake

L'invité des CE2, 429
de Jean-Philippe Arrou-Vignod
illustré par Estelle Meyrand

Les bobards d'Émile, 389
de Henriette Bichonnier
illustré par Henri Fellner

La maison éléphant, 412
de Henriette Bichonnier
illustré par Pef

Clément aplati, 196
de Jeff Brown
illustré par Tony Ross

Le goût des mûres, 310
de Doris Buchanan Smith
illustré par Christophe Blain

Je t'écris, j'écris, 315
de Geva Caban
illustré par Zina Modiano

Little Lou, 309
de Jean Claverie

Le meilleur des livres, 421
d'Andrew Clements
illustré par Brian Selznick

L'oiseau d'or, 379
de Berlie Doherty
illustré par John Lawrence

■ LES AUTRES TITRES DE FOLIO CADET ■ ■ ■

Je ne sais pas quoi écrire, 358
d'Anne Fine
illustré par Kate Aldous

Le poney dans la neige, 175
de Jane Gardam
illustré par William Geldart

Danger gros mots, 319
de Claude Gutman
illustré par Pef

Mon chien, 364
de Gene Kemp
illustré par Paul Howard

Longue vie aux dodos, 230
de Dick King-Smith
illustré par David Parkins

Mon petit frère est un génie, 338
de Dick King-Smith
illustré par Judy Brown

Sarah la pas belle, 223

Sarah la pas belle se marie, 354
de Patricia MacLachlan
illustrés par Quentin Blake

Oukélé la télé ? 190
de Susie Morgenstern
illustré par Pef

Le lion blanc, 356
de Michael Morpurgo
illustré par Jean-Michel Payet

L'ours qui ne voulait pas danser, 399
de Michael Morpurgo
illustré par Raphaëlle Vermeil

Le secret de grand-père, 414
de Michael Morpurgo
illustré par Michael Foreman

Toro ! Toro ! 422
de Michael Morpurgo,
illustré par Michael Foreman

Réponses bêtes à des questions idiotes, 312

Tétine Ier, 388
de Pef

Nous deux, rue Bleue, 427
de Gérard Pussey
illustré par Philippe Dumas

Le petit humain, 193
d'Alain Serres
illustré par Anne Tonnac

L'ogron, 218
d'Alain Serres
illustré par Véronique Deiss

La chouette qui avait peur du noir, 288
de Jill Tomlinson
illustré par Céline Bour-Chollet

Les poules, 294
de John Yeoman
illustré par Quentin Blake

Lulu Bouche-Cousue, 425
de Jacqueline Wilson
illustré par Nick Sharratt

Ma chère momie, 419
de Jacqueline Wilson
illustré par Nick Sharratt

■■■ LES AUTRES TITRES DE FOLIO CADET ■

<u>LES GRANDS AUTEURS
POUR ADULTES ÉCRIVENT
POUR LES ENFANTS</u>

BLAISE CENDRARS

Petits contes nègres pour les enfants des Blancs, 224
illustré par Jacqueline Duhême

ROALD DAHL

Les souris tête en l'air et autres histoires d'animaux, 322

Un amour de tortue, 232

Un conte peut en cacher un autre, 313

Le doigt magique, 185

Fantastique Maître Renard, 174

La girafe, le pélican et moi, 278
illustrés par Quentin Blake

Les Minuscules, 289
illustré par Patrick Benson

MICHEL DÉON

Thomas et l'infini, 202
illustré par Etienne Delessert

JEAN GIONO

L'homme qui plantait des arbres, 180
illustré par Willi Glasauer

Le petit garçon qui avait envie d'espace, 317
illustré par Jean-Louis Besson

MAX JACOB

Histoire du roi Kaboul Ier **et du marmiton Gauwain,** 401
illustré par Roger Blachon

J.M.G. LE CLÉZIO

Balaabilou, 404
illustré par Georges Lemoine

Voyage au pays des arbres, 187
illustré par Henri Galeron

JACQUES PRÉVERT

Contes pour enfants pas sages, 181
illustré par Elsa Henriquez

CLAUDE ROY

Houpi, 416
illustré par Jacqueline Duhême

MICHEL TOURNIER

Barbedor, 172
illustré par Georges Lemoine

Pierrot ou les secrets de la nuit, 205
illustré par Danièle Bour

MARGUERITE YOURCENAR

Comment Wang-Fô fut sauvé, 178
illustré par Georges Lemoine

<u>RETROUVEZ VOS HÉROS</u>

Avril

Avril et la Poison, 413

Avril est en danger, 430
de Henrietta Branford
illustrés par Lesley Harker

■ LES AUTRES TITRES DE FOLIO CADET ■ ■ ■

William

L'anniversaire de William, 398

William et la maison hantée, 409

William et le trésor caché, 400

William change de tête, 418
de Richmal Crompton
illustrés par Tony Ross

Lili Graffiti

Lili Graffiti, 341

Les vacances de Lili Graffiti, 342

La rentrée de Lili Graffiti, 362

Courage, Lili Graffiti ! 366

Un nouvel ami pour Lili Graffiti, 380

Lili Graffiti voit rouge, 390

Rien ne va plus pour Lili Graffiti, 395

Moi, Lili Graffiti, 411
de Paula Danziger
illustrés par Tony Ross

Zack

Zack et le chat infernal, 343

Zack voit double, 344

Un fantôme nommé Wanda, 353

Au secours, je lis dans les pensées ! 361

Une dent contre le docteur Jekyll, 374

Le voyage astral de Zack, 384

Zack et l'an mil, 406
de Dan Greenburg
illustrés par Jack E. Davis

Sophie, la petite fermière

Le chat de Sophie, 306

L'escargot de Sophie, 158

Une surprise pour Sophie, 323
de Dick King-Smith
illustrés par Michel Gay

Les Massacreurs de Dragons

Le nouvel élève, 405

La vengeance du dragon, 407

La caverne maudite, 410

Une princesse pour Wiglaf, 417
de K. H. McMullan
illustrés par Bill Basso

Amélia

Le cahier d'Amélia, 423

L'école d'Amélia, 426
de Marissa Moss

Amandine Malabul

Amandine Malabul, sorcière maladroite, 208

Amandine Malabul la sorcière ensorcelée, 305

■■■ LES AUTRES TITRES DE FOLIO CADET ■

**Amandine Malabul
la sorcière a des ennuis,** 228

**Amandine Malabul la
sorcière a peur de l'eau,** 318
de Jill Murphy

La famille Motordu

**Les belles lisses poires
de France,** 216

**Dictionnaire des mots
tordus,** 192

L'ivre de français, 246

Leçons de géoravie, 291

Le livre de nattes, 240

**Motordu a pâle
au ventre,** 330

Motordu as la télé, 336

**Motordu au pas,
au trot, au gras dos,** 333

**Motordu champignon
olympique,** 334

**Motordu est le frère
Noël,** 335

**Motordu et le fantôme
du chapeau,** 332

**Motordu et les petits
hommes vers,** 329

**Motordu et son père
hoquet,** 337

**Motordu sur la Botte
d'Azur,** 331
de Pef

Les inséparables

Les inséparables, 370

**Les inséparables et la petite
momie,** 376
de Pat Ross,
illustrés par Marylin Hafner

Eloïse

Eloïse, 357

Eloïse à Noël, 408

Eloïse à Paris, 378
de Kay Thompson,
illustrés par Hilary Knight

Les Chevaliers en herbe

Le bouffon de chiffon, 424

**Le monstre
aux yeux d'or,** 428
d'Arthur Ténor
illustrés par Denise et Claude
Millet

BIOGRAPHIES
DE PERSONNAGES CÉLÈBRES

**Louis Braille, l'enfant
de la nuit,** 225
de Margaret Davidson
illustré par André Dahan

**La métamorphose d'Helen
Keller,** 383
de Margaret Davidson
illustré par Georges Lemoine